文芸社セレクション

SATOGO成長日記

みすみ ララ

MISUMI Lala

文芸社

目次

SATOGO成長日記

SATOGO成長日記

「うんこの歌」作詞作曲　ルーちゃん
　　ママのうんこは、くさい　ママのうんこは、くさい
　　パパのうんこは、もっとくさい〜♪♪

朝、起きてきて「抱っこ〜」
重！　かなり重！　間もなく30kg、お米と一緒よ〜。

遂に「自分の部屋で寝る」と宣言。
「ママ、ぎゅ〜として。一緒に寝よう」一人じゃないの
かい(-_-;)

お友達と人生ゲーム。
「私、結婚式は、いや！　だって、みんなの前でチュー
しなきゃいけないのよ！」断れ〜。

パパの入院した病院へお見舞いに行った帰り、病院のトイレで「ママ、うんちして良い？」
次の日も「ママ、うんちして良い？」「そうぞ、ごゆっくり」

「ママ、賞状もらったよ！　すごい？」「すごいね〜」
「ねえ、ご褒美に何かほしい！」ワオ！

「ママ、これセブンした？」「セブン？？」
「それは、セーブ！　保存することだろ？」とパパ。正解でした。

「ママ、私もハヤシライス作りたい！　たまねぎはママが切って」宿題に戻る。
「ルーを入れるのは私がやる！」
「ルーちゃん、ルーを入れて」「は〜い！」ルーを割っていれる。
「ママ、あとお願い！」「えっ、それだけ？」(~_~;)

小学校の図書館で「アルプスの少女ハイジ」「徳川家康」

を借りてきた。「ママとパパの好きな本を借りてきてあげたよ」「わざわざありがとう」自分で読むんじゃないの？？

家族で人生ゲーム、ちょこちょこずるをする。「ずるはいけないよ！」
ママの友人家族と人生ゲームをした。相変わらず、ずるをした。しかし、友人家族は見て見ぬふり。「うちのママは、ずるしちゃいけないって言うよ！」たまらず自分で暴露。アッパレ？

授業参観です。教室に入ると、何度か振り返っていた。先生のお話、耳に入ってるのだろうか。。帰宅後「ママのこと観察してた」やることが違うだろう！

大金もってお買い物！　コンビニでお菓子を爆買い！
パパとママにはアイスクリーム、おばあちゃんにはお菓子色々、3500円も使っていた。将来大物？
「子供だけで大金持ってお店には行かないこと！」
(>_<)

今夜は、お庭で花火をしようと約束。夕方近所のお友達を誘っていたことがわかり、あわてて準備。冷や汗ものでした。

ルーちゃん１年生の時、「柿の種」をおやつに食べました。「ママ、お庭に柿の種を植えよう」「頑張って芽をだしてね」と祈ってる。とりあえず蒔いてみるか(-_-;)

ルーちゃん４年生のとある日、おやつにわさび風味の柿の種を食べた。「ねぇ柿の種を庭に蒔いたの覚えてる？」「あっ、これおせんべいだ」「そうね」

今日で我が家の車は、新しい車と入れ替えです。お世話になったから、洗車したいというルーちゃん。パパは洗車場へ連れて行ってくれました。
洗車機に車を乗り入れると、パパは車を降りた。中には、ルーちゃんとママが乗ったまま。
洗車機の注意書きには、『車から降りてください。エンジンを切ってください』
エンジンはかかったまま！　もう、洗車機は作動開始！

「ルーちゃんエンジン切って！　そこの青いボタンを押す！」ママとルーちゃんは焦りました。遠くにパパは一人たたずんでいました。

「ママ、何してるの？」「うん、着物をほどいてるの。正確には羽織だけどね」「そうなんだ」「羽織を知ってるの？」「知らない」そうだよなぁ。

ルーちゃん、アンドーナツをもらったよ。「う〜ん。たまらない。ママ、またもらってきて」

「ねえ、ママ。今日の夕ご飯は何？」「鶏のから揚げだよ」「ママ、絶対もも肉にしてね」どこで教わったの？？

鶏のから揚げを真剣に選んで、自分のお皿に１個、２個と移しはじめる。「これ私食べるから取らないで！」誰も取りません。たくさんあります。「ママ、ごめん。もう食べられない」

「ママ、『十年後の私へ』を書いたんだ。恥ずかしいから絶対見ないでね」「はい。タイムカプセル？」「うん、どこへしまおうかな」正直とても見たいです。我慢！

「ママ一緒に来てトイレ！　死にそうにお腹が痛い〜」「はい、はい」「神様、ごめんなさい。野菜ちゃんと食べますから。。」ブツブツ唱えながら、やっと出ました。翌朝、「お腹痛いの治った？」「痛いよ〜。うっそ〜。痛くない(*^^)v」「野菜食べるんでしょう？」「えっそんなこと言った？」まだ懲りないの？？

ママは今年、子供会の班長です。子供が小学校高学年になると一度は巡ってきます。
回覧板の準備、会費の集金など等、「ああ、大変。終わるかなぁ」「ママなら大丈夫！　できるよ、頑張って」ルーちゃんに励まされる日がくるなんて(+_+)

「宿題なんてやだー」「終わった〜。気持ちいい」ちなみに気持ち良くないことを「気持ちくない」と言います。だからはやく終わらせればいいのに (-_-;)

デパートのエスカレーター、両足が宙に浮いてる！　両腕で平行棒状態。体育会系です。

トランプでスピード対決、ママが勝つと、涙ポロポロ、悔し涙！「もう１回！」
勝つまでやるのね。

「ルーちゃん、ママ、行ってくるね。お留守番よろしく」「あっうんち出そう、ママ、トイレ一緒に行って」あぁ (-_-;)

「ママ、飛行機が落ちたら死んじゃう」「落ちません！」「でもママも一緒に天国なら良いかぁ」ママもです (*^^*)

今日から新学期、５年生です。クラス替えが気になる、ルーちゃん。「ただいま。今日の宿題は、新しい教科書に名前を書くこと。ママやっといて！」「ええ〜宿題なんでしょう？」「家の人が書いてもいいって」それっ

て？？　宿題か (~_~;)

大の仲良しのリコちゃんとクラスが分かれてしまった。「リコちゃんだけ別のクラスになっちゃった。一人ぼっち。あたし頑張らないと」何を頑張るの？

「ママ、もう布団しいちゃった？　私今日は、ベッドで寝る」「一人でいいのね？」「うん」
夜「おやすみ」「ママ、ベッドで寝たい？」「ううん、布団がいい」「ママ、寒いから一緒に寝よう」

塾のお迎えに行くと「ママ、急いで」「テレビ？」「うんち出そう！」「ワオー」

毎日、家のそばには、幼稚園バスが停まります。ママの幼稚園時代は、歩いて幼稚園まで通いました。子供だけで！　たくましいのか？　平和だったのか？　台風の日も、子供だけで家まで歩いて帰りました。いつもはケンカばかりのお友達が皆で手をつないで飛ばされないように歩いていたのを思い出します。時代は大きく変わった。

「ママー、お誕生日のプレゼント決まった！」「えっ、もう？」「うん、サッカーボール！」
まだ2ヶ月以上ありますけど。

「ただいま！」「お帰り」ランドセルを背負ったまま、テレビを見始める。「ランドセルくらい降ろしたら？」「う〜ん、体から離れないの」「じゃあそのままご飯も食べてね！」

4年生で性教育があります。「卵子と精子が一緒になって赤ちゃんが生まれるんでしょう？　どうやって一緒になるの？」「そこは教えてくれないんだぁ」

授業参観、壁に5年生の目あてが各自貼ってある。何？「かんじの練習を頑張る」せめて‘かんじ’は、漢字で書こうよ！

久しぶりに夜中お熱が出ました。病院で念のためインフ

ルエンザウイルス検査。陰性でほっとする。「気持ち悪い〜」「ママ、おにぎり食べたい」「えっ、まだ気持ち悪いって聞いてから3分も経ってませんけど！」(+_+)

「ルーちゃん、お使いお願いしたいんだけど」「いいよ」「助かるなぁ。卵お願い」
「ただいま」「お帰り。ありがとう」「何かごほうびほしいなぁ。途中で雨降ってきたんだよ」 ただより高いものはないか (-_-;)

「お腹痛いよ〜」「はいはい。痛いの痛いの飛んでいけ〜。早く良くなれ。すりすり」「ママ、私より先に死なないで。お腹痛いとき困っちゃう」

パパが古い映画のDVDを観始めた。松竹映画「まつたけ映画って何？」「いや、しょうちくです」('_')

ルーちゃん初めての飛行機！「ママ、怖い。本当に飛ぶの？」3分後「アイスクリーム食べたい！」

小学校の下校班、同じ学年のグループで下校。「あっ、てんとう虫さん」手のひらにのせるルーちゃん。「元の場所に返さないとダメだよ！」とアイちゃん。そう、ルーちゃん以外は、皆虫が嫌いなのです。

「今日は、給食のお魚全部食べたよ(*^^)v」「苦手なのにえらいねぇ」「うん、パンおかわりしたいから頑張った」そうでしたか (-_-;)

GW、旅行のお土産リストを作りました。「お隣のトモくんとあきちゃんにも買おうかな。いつも遊んでもらってるから」えっ！！　二人とも３歳も４歳も下よねぇ。

今夜は鶏のから揚げです。じ〜っとから揚げに集中「これとこれとこれは取らないで。私が食べるから」はい。たくさんあるから焦らないで (*_*;
パパから帰るメールが届く。一緒に迎えに行くと、車に乗り込むパパに「今日、から揚げだよ」「ほいほい」パパはいつもの反応でした。「パパ、嬉しくないの？」突っ込む！

「ママ、お腹痛くなってきたぁ～。陣痛かな?」「え
えっ!!　生理痛でしょ (>_<)」「あっそうだ。間違っ
ちゃった」「赤ちゃん生まれるの?　怖っ!」

「ママ、机の上がそばかすいっぱい」「えっ?」「あっ消
しゴムのかすだぁ」似てるか?

運動会の練習でダンスをしたらしい。「ママ、シンイチ
と手をつないだんだよ!　もうやだぁ～」そんな年ごろ
になったのね。

1泊で宿泊研修に参加。「ママ、私いないよ。ママ、ど
うなっちゃう?」と何度も聞いてくる。「寂しい。泣い
ちゃうかも」と一応、言ってみた。寂しいのは本当で
す。

宿泊研修終了。迎えに行くと「疲れた～、全然眠れな
い。うるさくて!」「じゃあ、来年はどうする?」「絶対

参加する！」そうなんだ(´_`)

「どうして給食は美味しいのかなぁ」「みんなで食べるからじゃない？」「愛情たっぷりだからだよ」「ええっ、ママのは？」「少ない！」「なんだと〜」(>_<)

「ママ〜、抱っこ」来たー。37kg「抱っこはするけど動けないからね」「いいよ」だら〜。重！「もう、手が限界！」次は、しがみつく！(` ー ´)ノ

「ママ、今度海外行きたい」「簡単に言うわね。お金かかるのよ〜」「中学卒業したら行きたい」「そう」どこへ行きたいのかは聞かない(*^^*)

「あっ、おかず食べるの忘れた！」パパは、おにぎりだけ食べておかずを食べ忘れたのです。忙しいのでしょう。たまにそんなことが起こってます。「ママが一生懸命作ったのにひどい。かわいそうだよ」ルーちゃんが言ってくれた。その言葉、うれしいよママは(T_T)/~~~

「私って幸せじゃないのかなぁ？　おかあさんに会えないし！」「幸せかどうかは、自分でどう感じるかじゃないの？」「はいイチゴミルク」「美味しい！　しあわせ〜」それは良かったね。

ルーちゃん、学校で調理実習をしました。「私ね、みんなより色々やったよ。ゆで卵も作ったし、ほうれん草も洗ってゆでたよ」「頑張ったね。偉いね！」「うん、いいお嫁さんになれそう(^.^)」う〜ん。それだけだと、良い嫁までは。。いかないかなぁ (-_-;)

いつも可愛がってくれるおばあちゃんの誕生日がやってくる。しかし、欲しいものは無さそう。そこでルーちゃん、考えました。「お庭の草取りしてあげようかな？おばあちゃん、時々転んでるって言ってたものね」「それはいいアイデアだね。ルーちゃん、すっごく良いよ！」(*^^)v

ルーちゃんの置手紙『みてね。おかあちゃんへ　あそび

にいてきます。いちょうめです。⇒１丁目のこと。あ
ぶひとは、リコちゃんメグちゃんアリサちゃんです。
５：３０分にもどてきます』ほぼ、内容は理解できます
が、実際に戻ってきたのは？「７時」でした（｀ー´）ノ

今日は、帰って来るとランドセルと水筒を放り出して、
２階の自分の部屋へ、階段を上る途中で泣き声が。。。
少ししてから部屋へ行ってみると、ベッドの上で大泣
き！　下校途中で、ランドセルを引っ張られ、転んでし
まった。またそれを笑われたと！　ムカー（~_~;）　前
にもそれで転んで顔に傷がありました。でもその時は、
謝っていたのでそのまま済ませましたが、どうしたもの
か。。

髪を乾かすのは、ママの仕事でした。髪をとかして、タ
オルドライをして、ドライヤーをつけると、座ってテレ
ビを見ている姿勢でおしりをずりずりと動かしドライ
ヤーのそばへあとずさり、テレビのボリュームを上げて
いました、昨日まで。今日は、自分で洗面台へ行き、ド
ライヤーで髪をかわかしています。何が起きたのだー！
（゜Д゜）

気温も高くなり毎日、水筒持参で登校になりました。今日は校外学習があり大きな水筒にしました。玄関で水筒がドアにぶつかり、閉めたドアにまたぶつかり、水筒がぼこぼこになっちゃうよ〜。もっと大切におねが〜い。(T_T)/〜〜〜　女の子でしょう。

寝る時は、いつも大好きな毛布とイルカのゆいちゃんに猫のもっちーをパパに持たせ（まるで荷物持ち）寝室へ向かいます。朝は、同じくパパが毛布にゆいちゃんともっちーを抱えてリビングまで運びます。ルーちゃんは、長座布団の上にコロン。しばらく二度寝です。

かなりおおざっぱなルーちゃんですが、「けんちんうどんのこんにゃくがつながっている」とママに注意してきました。「ルーちゃんにだけは言われたくないです」(-_-;)

最近、近所の小１、小２の兄弟が遊びにくることがある。小２のお兄ちゃん「ルーちゃんママ、ぼく帰ってもいい？」「えっ、もちろん帰ってもいいよ」と、弟を

置いて帰っていきました。一人で帰ってもいい？　って
ことだったのかしら？

ルーちゃん、宿題の漢字ドリルが見つかりません。ラン
ドセルの中にない！「学校に忘れてきちゃった」いえい
え、家にありますよ。だって学校へ持って行ってないで
しょう(-_-;)

「ママ、いちいちうるさい！」おーっ反抗的。夜、
「ルーちゃん、おやすみ」「ママ、一緒に寝よう」シング
ルベッドだから、狭いって(>_<)　夜は、反抗期停止？

体育でプールが始まりました。「今日、パンツ落とし
ちゃった」「えええええ($・・)/~~~」
「それでどうしたの？」「恥ずかしいから、そのまま」
「もしかして、黒パンだけ？」
「うん」「早くパンツはいてください！」
「ママ、メモ書いて。保健室の先生が預かってるから、
誰もいないときに取りに行くよ」
『昨日のパンツ、私のです』「これでどう？」「他の人に
ばれないかな？」「名前は書いてないよ。おぱんつさん、

待ってるよ」結局、引き取りには行かないことにしたようです。
乙女心かぁ。

明日は、学校行事。親子で絵付け作業があります。「ママ、来ないで」「どうして？　行かないときは、連絡しないとダメだよ」「だって、年取ってるから」女の子は、キツイなぁ (-_-;)

「ママ、漢字テスト100点取ったよ！」「凄いね！」「4年生の漢字ばっちりだよ」「今、何年生？」「5年生」「5年生の漢字もよろしくね」(T_T)/~~~

「もうすぐ、パパのお誕生日だねぇ」「ママ、パパはお財布が欲しいみたいだよ」「あらそう、じゃあ一緒にお財布をプレゼントしようか？　ルーちゃん、お小遣いから200円出してよ。あとはママが出すから」「いい！あたし、一人であげる」えーっ、なんでやねん！
結果、自分のおやつから現物支給？　駄菓子二品がパパのテーブルに！
しかし、ルーちゃんは、当日自分の部屋でどったんばっ

たん、宿題もやらずにこもっていました。「ママ、2階に来て」「ワオー」パパお誕生日おめでとうのデコレーションが施されていました。折り紙で作ったリングも部屋いっぱいに！「パパ、驚くかなぁ？」「間違いなく驚くよ！　喜ぶよ」ママは、ルーちゃんをぎゅーとしました。夜、パパ帰宅。ご飯（北海道産の牛ヒレ肉のステーキ）を食べて、デザートは三人一緒にチーズケーキ（ママ手づくり）。ルーちゃん寝る時間です。「パパ、上に来て」「オー」感動の瞬間でした。
ルーちゃんが59歳になったパパの写真を撮りました。パパからひと言「漢字がもう少し入るとさらにいいねぇ」と。漢字は、『才』だけだった (~_~;)
久しぶりに川の字で三人寝ました。ルーちゃん、すぐ眠りにつきました。

学校から帰ると、だまって2階の自分の部屋へ一直線。何かあったかな。泣き声が聞こえてくる。少しすると、階段を降りてきて、テレビを観始めた。以前は、胸に飛び込んできたけど。成長したのね (=_=)

我が家に引っ越した頃のルーちゃん

お菓子は、食べるけどご飯はほとんど食べませんでした。パンは好きですが、量は少なかった。誰かが、「お母さんに・・」と言いようものなら「おばちゃんだよ！だって50歳だよ」苦笑いするしかなかったわ(-_-;)

アイスココアを一気飲み。「美味しい」そして、お腹が痛くなりました。あぁ (-_-;)

夜、なかなか眠れないと言うので、腹筋と背筋をしたことがあったね。あっさり、100回ずつこなしてしまった。アッパレ(*^^)v　よく相撲もしたね。粘り強かった、かなり。

「おばちゃん、あと二人産んで」「そんな無茶なぁ、男の子でもいいの？」「いらな～い。女の子がいい」ふぅ～。51歳です。

学校で借りた本がみつからない。
「どこでないのに気付いた？」「途中で」

「持ってたよ」とアイちゃん
通学路を家から学校まで見ていくと。。
教室の机の上にバッグごと「あったー」
みんなの記憶もこんなものですね (-_-;)

自転車をこぐ後ろ姿がとっても可愛かったぁ。サドルは
これ以上下げられない位置だったよね。夕方、ライトを
つけて走った時は、大興奮だったね。
坂道を下って、登って、小さな体で一生懸命に自転車を
こいで、頑張ったよね。登り切った時は、ママもパパも
感動でした。

「ねぇママ。ママのうんこは臭い？」これを言う時は、
まあご機嫌な証拠です。

近頃、歯磨きがとても雑なようです。久しぶりにママが
仕上げ磨きをしました。
翌朝、朝ご飯の時、「歯がつるつるする」今までどうし
てたの？？　虫歯になっちゃうよ(>_<)

「ママ、ぎゅーとして！　でもチューはしないで、もこもこ（お気に入りの毛布）にもしないでね」

パパ、リビングでごろんと寝てしまいました。優しさから、もこもこ（お気に入りの毛布）を掛けてあげたようです。暑いだろうなぁ、なんせ真夏ですから(~_~;)

今日は、サッカーの練習があります。ママの送迎付きです。
練習用ユニフォームに着替え、スポーツドリンクにタオルもバッグに入れました。
車にゲーム機を持ち込んだので注意しつつ、出発、グラウンド到着直前、「ボール忘れた！」
ありえないでしょ (ﾟДﾟ)　ママは、ルーちゃん降ろして、ボールを取りに再度往復(-_-;)

ルーちゃん、揺れてます。「ママ、私のお母さん探して〜。会いたいよ！　死ぬまでに絶対会いたい！」そうだよね。会いたいよね(-"-)　記憶にないんだものね。

「ママ、私に兄弟いるのかな？　妹がいたらいいなぁ。
私のお父さん、結婚したんでしょう？　今度は別れない
でほしいな」ルーちゃんの実のお父さんは、結婚したよ
うです。ルーちゃんは、自分のような思いをしてほしく
ないと強く望んでいます。

自主学習、ママがノートに漢字の読みがな問題を作りま
した。「にんちしょう」？　えっ、そんな漢字は書いて
ないけど。。「知識人」なのですが！！

「生理がやっと終わったよ、ママ」「うん、良かったね。
スッキリだね」
「ママは、良いなぁ。もう来ないから」ひ〜（ﾟДﾟ）
お願い、人がいる所で言わないでくれ。

明日のお弁当用に厚焼き玉子を作りました。冷ましてお
いたところ、「あれ、一切れ足りないような？　誰か食
べたの？」「うん、お化けが食べたみたい」ルーちゃん
は大の玉子好きなのです。

今日は、即位礼正殿の儀。ルーちゃんたちが低学年の時、天皇陛下のお通りだと言って近所を行進していたことがあったね。何でも見たものはマネをする。怖い (>_<)

あきくん（一時預かりの５歳児）、幼稚園で初めての運動会です。ママは、ご褒美のお菓子をラッピング、ひらがなで短いお手紙も添えました。後は、運動会が終わったら渡すだけ。ルーちゃん、自分で渡したいと言い出しました。それって良いとこ取りだろう！！ (~_~;)

「お帰りなさい。ルーちゃん、今日はお手紙とかある？」「うん、何とか何とかなんだって」「えっ何？　全くわからん」(>_<)　「３年３組の先生からお手紙あるよ」「おー結婚ですかぁ。ちゃんと言ってよ」「ママ、面白かった？」面白いどころかどきどきしました！

苗字と同じ漢字を間違えた、ルーちゃん。「本当のお母さんとお父さんに叱られる」普段は里親姓を使っているからね。そして、漢字は苦手です (*_*;

持ち帰ったうわばきを洗うようになった、ルーちゃん。
くつ底をきれいに洗いますが、表面はちゃちゃっとこ
すって完了！　それで良いのか？　全然洗う前と変わっ
てないよ〜。ママは、そっと表面を洗います。

しりとりブームのルーちゃん。車に乗ると、すぐしりと
りが始まります。ルーちゃん「だっしゅーこく」「えっ
何？」「だっしゅーこく」「もしかして、合衆国？」
「あっそうだ。えへへへ」ひ〜〜（ ﾟДﾟ）

「ただいま！」この声の調子でご機嫌が判明します。今
日は、えらくご機嫌な様子。
「ママ、今日は算数がものすごく楽しかった！　楽しく
てたまらない！」すごいよ、ルーちゃん。算数でそんな
気分になるなんて（＄・・)/〜〜〜

朝ごはん、ぷーとおならの音。「今、誰かおならした？」
とルーちゃん。「ルーちゃんのほうから聞こえたよ」と
ママ。「私じゃない、パパだよ」「そう？　おならに名前
付いてたよ！　ルーちゃんて」「そんなはずない！」マ

マの勝ち(*^^)v

ルーちゃんのお弁当の日がやってきます。「ごはんは、おにぎりにしようか？」「ママ、おせきごはんが良い」「はあ～(*´Д｀)　もしかして、お赤飯のこと？」『ご』は、いらんよ～。

「ママ、明日ね、琴とはちぶえをやるんだよ」「はちぶえ？？　それ、もしや尺八じゃない？」
「あっ、そうかも」気持ちは少しわかるが・・やばいぞ。

漢字が苦手なルーちゃん。『みを守る』⇒実を守る　正解は身です。人間のことだと思うよ(-_-:)

「ママ、今日立哨当番だった？」「ちがうよ。どうして？」「アイちゃんが、ルーちゃんのママじゃない？　って言ったけど、私は違うって知ってた。だってママ、トラ柄のバッグ持ってないでしょう」それってヒョウ柄のこと？「くつも高いの履いてたし」よく見と

るわ！　えらい!(^^)!

今日は、12月最後の金曜日、きっと仕事納めの会社が多い日です。ルーちゃんと車でお家に戻る途中、渋滞にはまりました。自転車の人がいます。きっと渋滞を避けるために今日は自転車にしたのでしょう。「あっママ、タンクトップの人がいる」「えっ、タンクトップ？」「タンクトップって何？」「はあ？」なぜタンクトップが出てきたのかが気になるママです。

朝、「パパ、うんちしたでしょう！」「気のせいです」毎朝繰り返すやり取りです。

学校から帰ると、「ママ、うんちしたことある？」「あるよ。出なかったら死んじゃうから」
「ママ、おならしたことある？」挨拶のように繰り返すやり取りです。

ちょっとお年頃になってきたルーちゃん。前髪を長めにカットしてと言います。前髪だけは、時々ママがカット

します。「にきび見えない?」大丈夫です。

美容室でカットをしてもらっているルーちゃん。いつも
美容師さんとたくさんおしゃべりしています。突然「ま
だ終わらないの?」直球すぎる!(゜Д゜)　美容師さん
ごめんなさい(>_<)

「今夜は、カレーうどんがいい」とリクエスト。なぜか
カレーうどんが最近お気に入りのようです。ママは、簡
単にお餅があるからお汁粉に。ルーちゃんの視線が気に
なりましたが、知らんぷりのママ。「あたし、お汁粉も
食べたい」うどん一人前よ、まだ入るのか?

昨日は、「あたし、二重あご?」「そんなことないよ」
「二重あごになったらどうしたらいいの?」「ごろごろや
めて動くと良いんじゃない?」(*^^*)

少し反抗期の影が見え隠れしてきたルーちゃん。「私、
ご飯いらない。昼も夜も食べない」と自分の部屋へ。
昼、「お昼だよ。うどんだけど食べる?」「うん、食べ

る」そうなんだぁ。
ここは、何も言わずながしておこう (-_-;)

　「私は、いないほうがいいんだ！　パパもママもあきくんがいればいいんでしょ！」わんわん泣かれました。どんな言葉も受け付けないでしょうね。ひたすら、抱きしめるしかありません。

SATOGO成長日記　続編

ルーちゃん、遊園地へ行く

3年生のルーちゃんは、ジェットコースターに乗れませんでした。それでも勇気をふるって、ママと座席に座りました。ママの手を固く握ったルーちゃん、目を閉じて下を向いています。全身から力が抜けてない、硬直？「声を出すと怖くないよ。それ」「キャー！」「あっほんとだ。もう一回乗る！」もちろん、ママも一緒です。

もう一回を10回繰り返し、一人で乗り始めました。ドヤ顔で降りてきました(*^^)v

年賀状

お正月、年賀状が届きました。

「なんで、パパとママにはたくさん年賀状が届くのに、私には届かないの？」と目をうるうるさせている。これから、増えていくのよ。焦るな！3枚は届いたでしょ。

うわばきの洗濯

5年生になったルーちゃんには、うわばきを洗ってもらうことにしました。4年生の時から、ママは宣言していました。金曜日、うわばきを持ち帰り、ほったらかし。土曜日、まだ洗いません。「早く洗わないと乾かないよ！」日曜日、やっと10時過ぎに洗う。

やってみると楽しいらしく、せっせと洗っていた。くつ底ばかりぴかぴかです(>_<)

パン命

パンが大好きなルーちゃん。とくにクロワッサン系が好き。お熱を出して、食欲もあまりないだろうに。「何か食べたいものはある？」「パンがいい！」そうなんだー(-_-;)

ラーメン

2年生の頃、ラーメンには氷を入れて食べていました。そこまで冷たくしなくても。しかもスープの色もないほど薄くなり、美味しいのか？　今は、普通に食べるようになって、ママはうれしい!(^^)!　そして、ママの玉子を当然のようにさらっていくのであった。

漢字練習

漢字は苦手なルーちゃんです。宿題でせっせと漢字を練習していました。ノートにはフリガナ欄があります。しかし、フリガナは書いてない。「赤でフリガナ書いてね！」「ママ、うるさい」「これ、なんて読むの？」「う～ん、なんだっけ」読めない漢字練習して、書けるわけないよ(>_<)

そして、「ねんのはじまり？　とは？」正しくは、としのはじまりです(-_-;)

今日は、ママはお出かけで、学校から帰ったらお留守番のルーちゃん。暖房もつけずに毛布にくるまっていました。外は6℃よ！　テレビにくぎづけ。

「寒いでしょう。どうして暖房つけないの？」「面倒くさい」ホォ～ ($・・)/~~~

鶏のから揚げ

布団に入って「ママ、明日の朝はから揚げでご飯食べる」「えっ？？　鶏のから揚げ？　朝から？」何があった(-_-;)　偶然、たれに付け込んでおいたから作れないことはないが。。

翌朝、ママは鶏のから揚げを揚げました。本当に食べる

のだろうか？　とりあえず、パパのお弁当には出来るから構わないけど。。

「おはよう」「あっ、本当にから揚げだぁ。ママ、ありがとう！」やっぱり食べるんかい(~_~;)朝から。完食！　しかもご飯おかわり、珍しくフルーツまで完食。何があったんだ(*_*;

病院

鼻水が止まらなくて耳鼻咽喉科へ。土曜の午前中は激混み状態。そんな中、3歳くらいの女の子が2歳くらいの弟をトイレに連れていき一緒に入っていった。しばらくして、70代くらいの女性がトイレに、トントンとノックをした。「なに？」と中から返事。

トイレです！　それには、周囲も笑ってしまいました。

食欲

「ママ、今日は頭痛いし、気持ち悪くて、お腹も痛い。だからご飯少なくていいよ」

その状況でも食べるのね(-_-;)

「はい、ご飯少なめよ」「おかわり！」えええええ
(ﾟДﾟ)

がまん
「ルーちゃん、今日は、あまり寒くないけど湯たんぽどうする？」「うん、がまんする」
「えっ？　いいの？」とりあえず入れるわよ。なんだか、マインドコントロールされてる？ (=_=)

バレンタイン
お友達にチョコレートを作るはずであったが、スーパーで「ママ、これ買っていい？」「おやつにするの？」「友達にあげるんだぁ」今年は作らないのね。
「ママ、これ見て！　作ったみたいに見える？」えっ！そうきたか ($・・)/~~~
中身を別の袋に入れてラッピング。知恵がついたのね(=_=)

長くなった春休み
だんだん起床時間が遅くなり、だれていくのが丸見えのルーちゃん。
「歯は磨いた？」「うん」「顔洗った？」「あっ忘れた」セットじゃないのか ($・・)/~~~

思春期突入？

図書館へ本を返しに一緒に行きました。ついでにパン屋さんへ誘ってみると、「行かない。ママ、私の好きそうなパン買ってきて」パン屋さんは３分くらい行った先なのに、つれないわ~(-_-:)　　最近この調子でどこへも一緒に行ってくれません。

部屋でひたすら本を読んでいます。本人曰く小説らしい。

でも、抱っこはします(>_<)

小６ともなると、あまり可愛い服も見つかりません。

リボン付きのトレーナーを発見！　きっと気に入るはず(^.^)

新型コロナで起きる時間も遅くなりつつある今日この頃、ハンガーにかけて目に付くところに。翌朝、「ママ、似合う？」「あら、すごく似合ってる」さりげなく言って、ママ、そっとガッツポーズです(*^^)v

ある日のランチ、「私、パパとママが死ぬまで、ずっとこの家に居ようかな」「うれしいね」「でも出世できなくなっちゃうかぁ」「それって自立？」「あっ、そうだ、自立だ！」

出世は自立の先にありそうです (-"-)

珍しく自主的に片づけをしていたルーちゃんですが、お宝レターを発見しました。もう2年以上前にママが隠していたお宝レターをやっと見つけたのです。中身は「一緒にチーズケーキを作ろう」でした。「ママ、お宝また隠しておいて」そうですか。片づけすると良いことあるね(*^_^*)

某有名店の冷凍餃子を焼きました。ルーちゃん、皮を開き中身だけを先に食べ、「あたしこの皮大好き、最後に食べるんだ」と。そして「中身はママの餃子のほうが好き」ありがとう(*^^)v

久しぶりに宿題の漢字パズルを一緒に考えた。「これ、親が入るんじゃない？」「親は覚えない。だって私、親いないから」「そっかぁ。親切のしんでもあるよ」

「私、怖い夢みちゃった」「どんな夢？」「私のお父さんとお母さんが死んだ夢」「じゃあ、生きてるよ。逆だから！」

「ねぇ、心中ってなに？」「誰かと一緒に死ぬこと、一家心中なら家族全員で死ぬことかな」すごい内容(>_<)
　「ママ、あたしを殺さないでね」「うん、ママのことも殺さないでね。もう少し生きてたいし」(*^^)v笑顔でこのやり取りです。

うわばきの洗濯

6年生になったルーちゃん、楽しそうにうわばきを洗っていたあきくんに「私のも洗っていいよ」「やった〜、ぼく洗う」それでいいのか($・・)/〜〜〜
しかし、ルーちゃんのうわばきを見たあきくん、「ママ、洗って」う〜〜ママ残念です(*_*;

しばらく自分のベッドで寝ていたルーちゃんが、なんとなく家族で寝たいのかなぁ。時々布団にくるようになった。一緒に寝たら、「あきくんに蹴られた、ひどい」いやいや、パパもママもルーちゃんにたくさん蹴られました(._.)
「ルーちゃん、あきくんがケガしない程度に蹴ってもいいし、転がしてもいいよ」(^.^)
ママは鬼？

「私、パパとママより先に死ぬ」「パパとママ笑えなくなりそう」「大丈夫！　あきくんいるから笑えるよ」「あきくんもショック受けるよ」「私のこと嫌いだから平気だよ」(>_<)

ルーちゃんは、「誰かを嫌いになんてなれない。だってその人の気持ちがわかるから」と言うけど。そんな。。怒りやしっと心もきっと人間には必要だとママは思うよ(-˘˘-)

ルーちゃん、いじめを受けたことがあります。誰にも言わず一人で耐えていました。でも気づいてくれた人がいて、いじめた人たちは注意されました。怖かった思いは、心の奥にしまい込んでいました。高学年になって、怖い夢をたくさん見るようになりました。

そして、当時のいじめが思い出されてきました。この頃、毎晩泣きました。

つらかったはずだよね(T_T)/~~~　しまい込んでいた思いを出すんだ！！

悪夢は続いてる。いじめてきた相手を嫌いになれないと言うけど。それでは心のはけ口がないよね。嫌いになっ

ていいんだよ。憎んでいいんだよ。ずっとその気持ちが
続くわけではないのだから。

本を読みまくり、アニメは見放題、夜は泣いて、悪夢を
見て、どうして生きていかなきゃいけないのか悩み、時
間が流れていく。やがて昼夜逆転。お腹は空くらしい。
そんな時は、たくさん食べて満足そうな様子。

毎夜毎夜泣いても、涙が枯れない。悪夢も続いてる。ど
れだけ泣いたら、終わるの？
誰も信じられない。信じたら裏切られる。そう、仲良
かったはずの友達から、突然嫌がらせを受けたことが
あったのです。その時も怖かったのよね。でも我慢して
いたのね。
いじめは、こころに深い傷を残す、傷口に塗る薬はある
のだろうか。。

眠るのが怖くなった。だから限界まで起きていて、眠っ
た。怖い夢は出てきた？
お風呂に一緒に入って、たわいもない話をする。ルー
ちゃん、湯船の中で思いきりバタ足ではしゃぐ！「あー

すっきりした」それは良かった。

面白そうなアニメを探し、集中できたはずが、集中できない時がある。頭の中がなやみでいっぱいになって消えない。逃げられない時がある。考えたくない。そんな時はとても不機嫌そう。

「ママより早く死ぬ」と言い切る。そんなの許さないよ〜（｀ー´）ノ

「外に出るのは嫌。部屋にずっといたい」パジャマ姿の時間が長くなった。

着替えを選び、置いておく。おっ、着替えてきた。よし(*^^)v

「ママ、どう？」「うん、なかなかいいね。似合ってるね！」気分は上がってきたか (*^_^*)

パパ、初の登場！　朝食を食べていたら、歯の詰め物が取れたことに気づく。明日の振り替え休日でかかり付けの歯医者さんに診てもらえることに！　良かったね。当日、付けてもらえて、ついでに歯垢も取ってもらい帰ってきた。「お昼にしよう！」昼食を食べていたら、何と「あっ、今度別のところが取れたかも(~_~;)」「そんなぁ！」もう一度歯医者さんへ電話するパパ。「夕方、

はい。お願いします」良かったぁ (*^_^*)
　「パパ、一日に2回行くなんてすごいね」とルーちゃ
ん。確かに (-_-;)

ルーちゃん、たこ焼きが好きです。たこ焼きのタコは好
きなのに、回転ずしで絶対にタコは食べません。もちろ
ん家でも。なぜじゃ〜（ `ー´)ノ

　「幼稚園の時、運動会でみんなパパやママが見に来て、
いいなぁって思ったんだ」そっかぁ。寂しかったね
(T_T)

　「生きててもつらいだけ。死んだ方が楽かもって思う」
年は関係なく、いじめは生きる希望を奪い取ってしまう
のか（;´д｀)
ルーちゃん、今日を生きよう。明日何かがあるかもしれ
ない！！

ルーちゃん、アニメを見て笑ってる。ママはホッとしま
した。でも夜は涙があふれだす。

アニメにも本にも集中できないときがある (T_T)
声を殺して泣いていた。

朝は起きてこれない。昼、一緒にランチ。美味しそうに
食べてる (*^_^*) ママは、ホッとします。食べられれば
良し！(*^^)v

可愛いパジャマをゲット！　きっと喜ぶぞ (^-^)
1泊で祖父母のところへお泊りです。お出かけしたくな
いルーちゃんですが、何とか説得し、ほとんど無理やり
連れて行きました。お風呂の後に新しいパジャマをそっ
と置いておきました。「あっ新しいパジャマだ！　可愛
い！　気に入ったよ、ママ」そう良かった。
翌日、なかなか起きない。そして着替えない。気に入っ
たのはわかるけど (-_-;)

あきくんの成長日記

「デザートは、バナナね」「うん」必死でお昼のパンとおかずを口に運ぶ。目はバナナに行ってる。全て食べないとデザートに行けないと思ってる？

「パパ、これ（コンピュータ）やりたい」「もう少し大きくなってから」
次の日、「パパ、ぼく大きくなったよ。やりたい」そうきたか！

「ママ、ぼくね、幼稚園飽きた」「え〜まだ２ヶ月も通ってないよ！」(>_<)

「ママ、手をつなごう」「うん、うん」ママはとても幸せです (T_T)/~~~

「パパ、トイレ行こう」「うんち出そう」「う〜ん。う
わー。う〜ん。い〜」まるで産みの苦しみです。だい
じょうぶかい？(-_-;) 「出たー！」「それは良かった」

「おはよう、あきくん」「おはよう。ねぇママ。ぼくコ
コア飲みたい」「朝から？」「うん」「朝ご飯が終わって
からにしようね」

ひらがながだいぶ読めるようになった。何でも目に付く
とひらがな部分だけ声に出して読む。

施設に迎えに行くと、幼稚園で書いた絵を見せてくれ
た。「あじさい」なるほど。「これ貼って」そうか、ルー
ちゃんみたいに壁に貼りたいのね。しっかり観察してる
わ！

前回、お泊りにきたときに食べたものを全部覚えている
((+_+)) 素晴らしいよ！　と言うか、将来がやや不安。

おばあちゃん宅に初めて行きました。トイレの中で鍵を閉めちゃった。開かないらしい。
　「開かない！」「まずはトイレが先！」。。「鍵を閉めたときと反対にしてみて」
　「う〜開いた」良かったね。鍵は閉めなくてもいいよね。

　「ママ、うきわどこ？」「はい、うちわ。ここです」そう、うちわのことなのです。

画用紙にお礼を書いてくれました。ひらがなが書けるなんてすごいね！『さとう（お）やさん、ありがとう』気持ち、受け取りました!(^^)!

スーパーでお買い物。ママは、お店に入る前に言い聞かせます。「おもちゃは買いません。お菓子を一つだけ選んでね」と。これでお菓子に集中してくれます。
しかし、床で平泳ぎ？「床をなめないで！！」「なめてないよ」変わらないと思うよ(-_-;)

施設に間もなく到着。静かになったあきくん。アンパン
マンを抱いて泣いていました。
早く一緒に暮らしたいね(T_T)/~~~

近所に卵の自販機が入っているプレハブ小屋がありま
す。初めてあきくんを連れて行きました。「狭い〜」そ
うね。でも広くしてもなぁ。双子の卵は売り切れでし
た。

ポケットティッシュに自分で名前を書いています。ポ
ケットティッシュよりでかい名前の文字だ。床にマジッ
クがはみ出しました。それ油性なんだけどなぁ (~_~;)

「後で、おやつにたい焼き食べようね」「ぼくたい焼き
好き」それは良かった。しかし、たい焼きは冷凍庫の
中。おやつの時間に出し忘れてしまいました。夕方「マ
マ、たい焼きいつ食べるの?」ごめんなさい。次回のお
泊りでね。よく覚えてる(>_<)

「ママ、トイレ!」コンビニに入りました。「一人で入

る。ママはドアの外で待っててね。絶対だよ！」「はい
はい」「いなかったら、ぶっ殺す！」そりゃあ大変だ。
トイレは命がけだね(~_~;)

歯磨き粉を歯ブラシにつける時、「ねぇママ、これパパ
と同じくらい？」と量の確認を毎回してきます。なぜそ
こが気になる？？

プール用のバスタオルをマントにみたてたようです。可
愛いけど「カッコイイ」とほめてみると、スーパーのお
買い物にもマントをつけて！

「ママ、お洗濯もの全部ぼくが干してあげるから、一緒
にあそぼう」けなげだぁ。
しかし、物干し竿には、まだまだ届かず(+_+)

くつしたを干してくれました。ペアのくつしたごとに並
べ直していました。おー几帳面なタイプか？　そういえ
ば果物の絵を描いている時、バナナの黒い斑点も丁寧に
描いていたわね。

パパ、初の自転車チャイルドシートにあきくんを乗せて、お買い物！　大きな坂に挑戦したらしい。一気に下り、上りになると「パパの本気をみせろ！」だって($・・)/~~~

便座に座って、トイレットペーパーのホルダーを指差して「ホクロウ」え？　それは「フクロウだよ。惜しいね～」

今日は、マイスプーン作りです。柄の部分はカットされた小枝から選んで、削ったり絵を描いたりしてオリジナルのスプーンを作ります。自分の名前を書いたあきくん。他に何か書いてみたいものは？「スズメバチ！」なんで？？　スズメバチ。。しかも「ママ、描いて」えええええ(ﾟДﾟ)

布団の中で、「ママ、明日のご飯は、朝おにぎり、お昼はホットケーキ、夜はカレーがいい。おやつは、いちごとチョコビとりんごにみかん」そこまでメニューを決め

るか！！

お買い物に行くため、自転車のチャイルドシートに乗せてスーパーへ。「ぼく、お手伝いしてあげるよ」そうお買い物イコールお手伝いなのです。そして、「おもちゃ～」違うでしょ！

「デザートは、りんごとみかんどっちがいい？」「両方」「お昼は、パンとお餅どっちがいいい？」「両方」本当に両方食べるのであった(~_~;)

「ぼくお腹いっぱいじゃなくても、おやつ食べたいから、いっぱいって言うの」ほ～なかなかの策士です。おやついのちのタイプですね。

車の中で「ママ、テレビ見たい」「走ってるときは、見られないの」「じゃあ森の中のお家は？」「アンテナがあれば見られるよ」

歯磨き真っただ中、口の中には歯ブラシ、そこに
「あっ、コーヒー牛乳」って、ストローを突っ込む、そ
んなダブルありか？

近頃、歯磨きの仕上げをすると、歯ブラシを噛む！　口
の中は、ママの磨こうとする歯ブラシと噛もうとする歯
の攻防戦。歯ブラシがダメになるでしょ。

朝、起きてくると暖房の前でコロンと丸くなる。寒がり
なのか、まるで猫ちゃんです。

ファミレスでランチ。ドリンクバーでホットのミルク
ティーをチョイス。ボタンが届かないのでママの抱っこ
でボタンを押す。お皿に氷ものせてテーブルに戻ると、
ルーちゃんの視線がくぎ付け。あきくんは、スプーンを
取りに再び席を外す。ルーちゃんそのすきに、氷を入れ
てお味見！　あきくんが戻ってきた。「飲んだでしょ！」
すかさずルーちゃんをにらむ(=_=)　ルーちゃん、聞こ
えないふり。

「夕ご飯なあに？」「カレーだよ」「ぼくハヤシライスが
良かったなぁ」「そう、でもカレーです！」
「おかわり」「えっ？　食べ終わったらね」「おかわり」
もう少しすくなくしとけばよかったかなぁ (-_-;)「おか
わり。3回おかわりする」「何で3回？」

一緒にトランプ。スピードは、まだママに勝てない。し
かし、急速に強くなりつつある。
負けそうになると「ママは、ストップ！」一人で出し続
け、「やったー、ぼくの勝ち！」
この年頃は、ずるし放題です (=_=)

マックのドライブスルーに並んでいた。「ママのバッグ
には何が入っているんだ？」中を開けて、「人殺しの道
具ばっかりだ」やめてぇーどこで覚えたそんなセリフ
(>_<)

今日から、我が家に引っ越して初めて幼稚園に行きま
す。しばらくおんぶしてエネルギー充電、昨日は行かな
いと言い張りお休みしました。「自転車？　それとも車
で行く？」「車！」いざ出発。車からも降りた！　初登

園やりました！(^^)!
迎えに行くと、どこにいるやら見つかりません。「ママ」にこにこしてやってきて、またどこかへ。
石のお山を下りて、車に乗りました。「暑い」そうね。「ママ、自転車で来てほしかった」「えっ、だって車が良いって言ってたでしょう？」「あれは冗談だよ」そんなぁ (-_-;)

翌日、「幼稚園行きたくない。頭痛い」そうですか。出発間際、おんぶして、車に乗る。「頭痛い？」
「うん痛い」「痛いの痛いの、やまんばに飛んでけ～」「どう？」「うん飛んでった」良かったぁ (*^^*)
今日も無事、幼稚園に到着。今日はたったの2時間だぁ頑張れ～ (T_T)/~~~

今日から、幼稚園バスがお迎え、お迎え時刻は9時30分頃の予定だったが。「ピンポーン！」えっ、まだ9時10分にもなってないけど？？　お迎えのバスでした。
「今日は行かない」と言っていたが、「バス来たよ！急げ～」必死にくつを履く姿が！　行く気満々じゃん!(^^)!　新型コロナの影響で幼稚園に行くのは希望者

だけ、人数が少ないのであった。
慣れるために、ここは行っとけ～（ `ー´）ノ
あきくんのクラスは出席者が何と４人だった。ここで
お友達の名前を覚えちゃおう！

タブレットでアニメを見ていたあきくん、くしゃみ連
発！「ゴン」くしゃみでテーブルに頭をぶつけてしまっ
た。痛そうだ。しかし、泣かない。手でおでこを押さえ
ている！　どうやら耐えたか(-_-;)
そっとしておこう、気づかぬふり。

今日は、「幼稚園に行かない！　頭痛いから」気持ちの
問題かなぁ。お迎えバスが来ましたが、お休みしてみ
た。午後、「ママ、だまされた～。ぼく本当は痛くな
かった」やっぱりそうか。「明日は？」
「行く。行かなかったらおやついらない」そうですか
(-_-;)

「今日は、約束したから幼稚園行くよね」「うん」制服
も着る。突然「頭が痛くなった。昨日より痛い！」いや
いや、昨日痛くなかったんでしょ (-"-)。泣き始める。間

もなくバスが来るはず。外へ連れ出し、「お花を見よう！」「やだ見ない」目を閉じ、涙が出てくる。
バス来ました！「自分で言える？」「うん、言う」そうこうしているうちに先生が「しずか先生待ってるよ、行こう」抱えられ、バスに。「行ってらっしゃい」ふぅ〜。
ちょっとかわいそうだったかなぁ (-_-メ)

ママの膝にルーちゃんが座りました。「う〜」ルーちゃんをにらみ、膝から降ろそうとします。
目は怒りで涙がややにじんでいる。そんなに取られるの嫌なのね(>_<)

予防接種に行きました。名前を呼ばれた途端、ビビる！
「お母さん、抱っこして右手を押さえてください」もう涙目「痛い〜」まだ注射してませんけど(-¨-)

水鉄砲が壊れてしまったので、ルーちゃんと奪い合い。百円ショップで同じものを見つけ、色違いを買いました。今日から、二つになって良かったね。お風呂はパパとしか入りません。いつもママは一人でお風呂です。
「ママ、ぼくの水鉄砲使っていいよ。お水入れてあるか

ら」そうですか、ありがとう(＋_＋)

今日は、幼稚園の預かり保育です。ママ、仕事のため、お弁当持参で行く日です。納得していたはずだけど、いざ出発間際になると「ぼく、今日行きたくない」えぇ。
「行くって言ってくれたよね？」
「じゃぁ、歩いて行こう」そんな時間はないのにぃ。
「間に合わないよ」「じゃぁ、自転車で行こう？」
いつも車が良いとか言うくせに、こんな時に限って、子供って空気を読み、足を引っ張るのよね(-_-メ)
「ママ、お弁当食べたらすぐ迎えに来てね」「うん、お弁当食べてちょっとしたら迎えにくるね。おやつはお家で食べようね」いざ迎えに行くと、集中して何かを製作中。大好きなテープも使い放題！　雨が降り始めていたので傘を持ってきたけど、「ママ、もったいないよ。これくらいなら傘いらないよ」そうですか。

自転車のチャイルドシートで「ママとパパの将来は何？」難しいこと聞いてくるわね(＝_＝)
「う〜ん。将来は、孫を見ること。あきくんが結婚して、子供が生まれたら、その子はママとパパの孫です」

「ママとパパが早く死んだら、う～ん楽しみ。ぼく好き
なだけゲームして、テレビ見て。。」
そうですかぁ。「あたしは、死なないよ」とルーちゃん
でした。

自転車の練習を始めました。もちろん補助輪付きです。
ママチャリのチャイルドシートには全く乗らなくなりま
した。「前見て！　道路の真ん中へ行かない！　そこで
ストップ」ふぅ～声がかれそうです。
本人は大満足です。お買い物は、時間が5倍くらいかか
かるようになりました。時速6キロくらいか？

今日は、広い公園の芝生の上で凧揚げに挑戦！　パパか
ら風向きやタコ糸の持ち方を教わって、いざダッシュ！
走る、走る、走る！　タコ見てないし(-_-メ)　一直線
に走ってるけど。。「ストップ！」止まらない、どこまで
走るつもり？？　タコが落ち、やっと止まったぁ (-_-;)

まだ補助輪付き自転車です。補助輪付きでも転ぶので
す。膝から2滴くらい血が出ました。

「ぼく、死んじゃうの？」と涙目。「死にません！　絶対死にません！」こんなセリフ、だいぶ前に聞きましたね。懐かしい(=_=)

ママは、あばれ馬と称して、四つん這いになり、あきくんを乗せて、動きます。あきくんは暴れ馬が大好きです。体力がいるので毎日１回だけ行います。時間は、３分。タイマーで計ります。
幼稚園に行く前にやりたがります。あきくんなりに気合を入れているのかな(*^_^*)

寝る時は、絵本を２冊読み、体をトントンしながらしりとりをして眠ります。そんな時、ママをぎゅーっとしてくれます。ママは、幸せです (*^^)v

図書館で願い事を書いて折る折り紙をもらいました。これがなかなか折り方が難しい！　子供には絶対無理！願い事を考え始めたあきくんです。「お小遣いアップ。おやついっぱい。おもちゃいっぱい買いたい。車の免許がほしい。自転車の補助輪を外して乗れるようになりたい。。ママ、うすく書いて！」「このスペースに、入りき

らないよ。一つか二つにしたら？」「う〜ん。神様ふたつくらいしか聞いてくれない？」「二つもどうかなぁ」そして『魔法が使えるようになりたい』に決定。
「ママが若くなるように魔法使うよ」ありがとう。気持ちはとても嬉しいです (-_-;)

朝ご飯を食べて「もう、お腹いっぱい。これ残していい？」「それ、お昼に食べられる？」「うん」そして、デザートのフルーツを食べ、「ママ、ヨーグルト」まだ入るの？ (>_<)

我が家にいる『アレクサ』は、強い味方です。疑問がわくと質問攻めをしてくるあきくん。
アレクサに直接質問することが増えました。「アレクサ、おたんこなすって何？」「アレクサ、今何時？」「アレクサ、5分たったら教えて」アレクサ大活躍で、助かってます (*^^)v

そして「アレクサ、泣いて」「アレクサ、笑って」「アレクサ、おならして」にも真摯に答えてくれます。ありがとうアレクサ！　しかし「アレクサ、うんちして」これ

は、なぜか毎回スルーされます (^.^)

小学校の登校日、ルーちゃんに持たせる書類を忘れてしまい、あきくんを連れて、職員室まで行きました。「先生とお話している時は、しーだよ」「うん」静かにしていてくれました。
書類を届けて、廊下を戻る途中「ママ、おしりかゆい。かいて!」ここでか??　もう、パンツ下げてるし (-_-メ)　恐る恐る周囲を見回すママでした。

公園へ向かう車内で姉弟げんか、原因はゲームです。「人のことより自分のことをかんがえなさい!」えっ???　逆です。

幼稚園に行きたくないあきくん。「本当に頭痛くなってきた」以前、頭が痛いと嘘をついて、幼稚園を休みました。お熱もなし。今日はママ仕事でどうしても幼稚園に行ってもらわないと (` ― ´)ノ
いつもより早く迎えにいく約束で、幼稚園到着。ちょっと涙目に。車内の鏡で顔を見ている。「ママ、ぼくの顔赤くない?」歩き出すと「ぼくの目、赤い?」結構プラ

66

イド高いです。

ルーちゃんを宿題のことで叱っていたら、近くにいたあきくん「ぼく、なんだが涙出てきちゃった。どうして?」泣いてる、ルーちゃんに共感したのね。子供は言葉でなくダイレクトに感情が伝わる! 凄い (^o^)ノ

「ママ、ラーメン食べたい」今、言うか! しょうがないなぁ。作るか。「はい、どうぞ」
「味どう? 美味しい?」「後で言うよ」何それ。。
(・_・;)

「ぼくのお小遣いでお菓子買いたい」と言うので、近くのドラッグストアへ補助輪付き自転車で行きました。これってかなりゆっくり走ります。小さい袋のお菓子には目もくれず、大袋(お徳用サイズ)を選び、ルーちゃん今月お誕生日だからとチュッパチャプスを1個。結構気づかいするタイプ? 戻って、おやつタイム。「ママ、いつもお世話になってるからあげる」とおやつを分けてくれました。なんだかちょっと素直に喜べないママです。「ママは、良いのよ。あきくんが買ったんだからあ

きくんが食べて」「いいの、いいの。あとでおもちゃ
買ってもらうから」やっぱり (-_-;)

　「あきくん、そろそろ幼稚園の出発準備して〜。どのく
つ履くの？」「うんち出そう」「えっ、バスがもう来る
よ」「う〜ん、う〜ん」今日は、すとんとは出ないよう
だ (-_-;)
幼稚園バスが玄関前に到着。先生に説明して待つこと５
分、まだ出そうな様子。本人全く焦りなし！！　結局、
バスのうんち待ちはお断りして、ママが車で送りまし
た。

　「あきくん、お手伝いお願い」「やる、やる、お手伝い」
「みんなのお箸だしてくれる？」「いいよ。終わった。次
は？」「コップを洗ってくれる？」「やだ！」そうです
か。「お皿を並べてちょうだい」「いいよ」パパが珍しく
早く帰宅。ルーちゃんも塾から帰宅。皆そろって、夕ご
飯です。
　「今日は、猫の箸置き？」とパパ。あきくんが、たまに
はパパとママにねこちゃんの箸置きをと置いてくれたの
でした (*^_^*)

届くはずのないドライヤーとくしを持って現れたあきくん！　ママの髪を乾かしてくれると言い出しました。せっかくなのでお願いしました。一丁前にくしでとかしながら、ドライヤーをあててくれています。熱い！　髪が顔にかかりまくりです(+_+)

自転車の補助輪を外し、ペダルを外しました。いよいよ自転車の練習も佳境に！！　装備は万全。ヘルメットに膝あて、軍手もしました。恐る恐る足を蹴るあきくん。「すごい？　すごい？」まだすごいとは言い難いが、とにかく頑張れヽ(^o^)ノ

「ちょっとだけ自転車乗ってくる」と装備をつけずにパパと出ていったあきくんであったが。大きな泣き声が聞こえた。だんだん泣き声が近づいてくる(・_・;)　やはりあきくんであったか。
転んであたまをぶつけたらしい！　見事なこけっぷりにパパは思わず笑ってしまい慌てて起こしたが、少し血が出てきて「あっ血だ」と言ってしまったばっかりに「あーん、あーん、ぼく死んじゃうの？　脳みそ出ちゃったの？」と近所中に響く泣き声で戻ってきた。

「かすり傷だよ。これで救急車呼んだら、パパとママは叱られます！」消毒して終わりました。

幼稚園で牛乳の出る日があるようです。歯磨き用のコップに入れてくれるらしく、「ママ、牛乳が出る日は、大きなコップにして！」大きいからといって、たくさんくれるわけではないでしょうに (-ˮ-)

何度か、「目がぱっちりしていて可愛いね」なんて声をかけられたことがあります。「ママ、ぼく可愛いから誘拐されちゃう？」「誘拐はお金目的だから、可愛くなくても誘拐されます」(` ― ´)ノ

ママとお買い物でデパートへ。「ママ、トイレ行きたい」「今日は女子トイレよ！」
「ママ、うんちもでる。一緒に入って！」「はいはい」
「換気扇つけて」「ここはもう換気扇は大きいのがついてるのよ」「じゃあ、ドアあけて」そんなに臭くないけど。。(-_-;)
「ママ、流して！」「女の人じゃないと流れない？」どうやら女子トイレは女子じゃないとセンサーも反応せず

流せないと思ったらしい。そこまですごいセンサーはついてません (+_+)

ヨーグルトのふたをあけ、丁寧にふたについたヨーグルトをなめていたあきくん、カップを倒し中身がこぼれました。残念 (-"-)

ガソリンスタンドへ行きました。お子さんにとうまい棒１本ゲット！　すっかり気に入ったあきくんは、「ママ、今度ガソリンを入れるときは、ぼくも一緒に行く」と。やっとガソリンスタンドへ行く日がやってきました。ルーちゃんも一緒です。ガソリンを入れてくれたのは若いお兄さん。全くお菓子を持ってくる気配もなく、満タンになりました。あきくん「お菓子ください！　子供です。お菓子ください！」車の中で思いっきり叫んでいます。「うん、帰ったらおやつね！　ママ、恥ずかしいよ」とルーちゃん。ママも恥ずかしいです (・_・;)　早く帰ろう！

自転車の補助輪を外して練習中のあきくん。図書館へ自転車で向かいました。ペダルも外して、蹴りながら進む

段階です。図書館まで歩いて5、6分の距離。「ああ疲れた。ぼく休憩」そうですか。休憩2回入り、図書館到着。「ママ、抱っこ」えぇ〜ここで抱っこしてる5歳児いないよ〜 (T_T)/〜〜〜
抱っこしたら本選べないし！ (>_<)

「ママ、おやつまであと何分？」「あと15分で3時かな」
「アレクサ、15分のタイマーをかけて！」タイマーかけるんかい (｀ー´)ノ
しかも最後はカウントダウン！　我が家のおやつの時間はそこまで厳密ではないのだが。(・_・;)

「朝ご飯だよ」土曜日の朝。あきくん腕組みして「ルーちゃん、手洗って！」それはママの仕事です。はい (-_-;)
しぶしぶルーちゃんは手を洗いました。

「ママ、床屋さん行ったの？」「えっ、前髪だけママ自分で切ったよ」「ママ、後ろも切ったほうが良いよ」「そう？　後ろは自分で切れないから、床屋さんにお願いしないとね」「今日、行って」

まじで気づいたのかしら。凄い！　昨日切ったばかりなの(*_*:

「ママ、ぼくしずか先生にお手紙書く約束した」「そう、しずか先生きっとうれしいね」「ママ、耳貸して、あのね。お手紙書くのルーちゃんとパパには内緒だよ。絶対言わないで、恥ずかしいから」
そうですか。「わかった。内緒ね」電話のそばに置いている、メモ用紙（裏は学校からの手紙）に書いて、そっと幼稚園カバンに入れました。その姿は、見るからに怪しげ(._.)　せめて、折り紙の裏とかに書いたほうが良かったとママは思いました(-_-;)

幼稚園バスを待つ間、「しずか先生、かわいいね」とあきくんに言ってみた。「うん、りさこ先生とどっちがかわいい？」きりかえしてきた！「どっちもかわいいね？」「うん」あきくんもそう思うか。良かった(^.^)　「だって怖いもん」え〜〜 ($・・)/〜〜〜聞こえないです。ママは。

夜、布団の上で「ママ、明日の朝ご飯にアイス食べた

い」おおっ「明日だけ、デザートに食べてみる？　でも明日だけよ」翌朝、本当に実行。「ママ、もう食べられない。どうしよう」そうだろう(-`-)「残り、ママ食べます」

今日のママのエプロンには、やや大きめのリボンが一つついてます。「ママ、これ何？」「リボン。アイロンかけてないからリボンに見えないかも」(~_~;)「ママ、ないほうがいいよ」そうですか。ありがとう(-_-;)チェック厳しい！！

今日は、幼稚園でお祭りごっこ、かき氷が出るので、コップ持参です。やはり「ママ、大きなコップにして」「了解！」(*^^)v

「ねぇ、ママ。パパとママが結婚する時、パパは結婚してくださいってちゃんとママに言ったの？」
なぜ急にそんな話(>_<)　「パパ、ちゃんと言ったよ」「ふ〜ん」
「パパ、ママと結婚する時、結婚してくださいってママに言ったの？」また聞いてるよ(-_-;)

「怖かったけど、言ったよ」何、何？？　怖かったって
(~_~;)

スーパーの中に設置してある銀行のキャッシュディスペ
ンサーで振り込みをするため、自転車であきくんと一緒
に向かった。信号渡れば、スーパー！「ママ、おしっこ」
「えっ、この信号渡れば、トイレに行けるから、我慢！」
早く信号変わって〜(T_T)/~~~
「急げ〜ヘルメットしたままでいいから」ご丁寧にヘル
メットを外している(-"-)
まず、トイレに走り、間に合った(-_-;)　ママは振り込
み操作の真っ只中です。「ママ、寒い。うんち出そう」
「えっ今度はうんちですか」(>_<)　「急げ〜」何しに来
たんだろう(+_+)

夏休み、幼稚園は送迎がないので、今日は車で送りま
す。「水筒にタオルに帽子・・急げ〜」幼稚園近くの信
号まで来て、「えっ、何でサンダルなの？」「あっ」げげ
げ、ここまで来てまた家に戻らねばならないなんて
(T_T)/~~~　何で気づけなかったのだ(._.)

トイレでうんちしながら、「ママは、女の子の中で一番可愛いよ！　パパは、男の人の中で一番カッコいい！」急になんだ？？「ママ、だから10円ちょうだい？」金かよ(-_-;)

寝る前にちょっと言い合い！　いつも寝室で絵本を読んでうだうだしてやっと眠ります。ママは、怒った直後だったので、つい怒り口調で絵本を読み始めました。「ママ、いつもみたいに優しく読んで」
う〜、怒りを抑えて読み続けたママでした(+_+)

日曜日、パパが自転車でちょっと遠乗りにあきくんを連れだしてくれました。自分で自転車に空気を入れ、ヘルメットにひざのプロテクターと万全？「ママ、行ってくるね」「行ってらっしゃい。ゆっくりでいいよ〜」「また明日ね」えっ (+_+)

珍しく、やや鼻風邪ぎみで幼稚園をお休みしてみました。熱はなし、食欲はいつも通りだけど、「ママ、たまごのおかゆが食べたい」「はい。おかゆなら食べられそうなのね？」「うん、おかわりするからね」そんな

に？？ (-_-;)

寝る時間、布団に入ると「ママ、子供でも結婚できる？」「結婚？　子供のうちはできないけど」「プロポーズしちゃおかなぁ」えっ ($・・)/~~~
「同じ組にいるの？」「うん、可愛いんだ」そうですか (-_-;)
「チューした夢、見ちゃった」ほぉ〜いつの間に (~_~;)

今日は、延長保育。迎えに行くと、一人女の子が帰るところ。「バイバイ」とあきくんに手を振ってくれている。なのにノーリアクション。なぜ？？「あきくんもさよならしないと」それでもノーリアクション。やってくれないと気まずいじゃないの (._.)　しかし、何もしない。今度は、門のところでまたまたその子が、バイバイをしてきた。しかも目の前で！！「もう、照れ屋さんなんだからぁ」とごまかしてみたものの。しかたない、「バイバイ」と代わりに言いました。
「どうしてバイバイ言わなかったの？」「だってブサイクなんだもん」がびーん (>_<)

夕食の真っただ中、ルーちゃんと口喧嘩。我が家では、食事中に悪口を言ったら、食事を片付けちゃう約束！　ってママが勝手に決めました (=_=)
夕食は、NHK にして食べます。アニメだと、子供たちはテレビにくぎ付けになるからです。
我が家のペットは、カメが一匹です。幼稚園バスを待っていたある日、「ママ、カメさんは NHK 見るの？」
ええっ ($・・)/~~~　「たぶん、見ないと思うよ」
NHK すら知らないだろう。

ママの年齢は、あきくんに秘密です。時々、「ねぇ、ママ、この時なん才だったの？」としつこく聞いてくることがある。「女性に年を聞いてはいけません。失礼にあたります」とパパが答えます。
どうしたものやら、悩ましいです (*_*;

「ママ、髪を結ぶと可愛いのに」「ありがとう。ママの髪は短くて結べないの」「ママ、伸ばしたら可愛いのに」「伸ばしたら、あきくんと一緒の時間が短くなるよ」「えっ」(*_*;
ママは、伸ばした時もあったし、もういいのです。
(*^_^*)

夜中、「ちこちこちこちこ、バナナ」と、叫びました。
チコちゃんは、あきくんの夢にも出演していたようで
す。

カレーライスをおかわりして、「ふぅ～お腹いっぱい」
「無理してデザート食べなくてもいいのよ。明日に回せ
るから！」「デザートは別腹、食べる食べる！」本当に
食べるのでした(*_*;

「ママ、ママ」「何？」2階のベランダで洗濯物を干し
ている途中です。「うんち」「パパいるでしょう」「ママ
がいい」そうですか(-_-:)　うんちしながら「ぼく6年
前に、ママから生まれたんだ」
それが言いたかったのね。(*_*)

家族の写真を撮りたいというあきくん、パパを撮影完
了。「ママ、首のしわ何とかして！」グサッ、痛い
(°Д°)　写真は、首のしわが無くなっていました
($・・)/~~~　何とかなるものね！

朝は、時々布団から抱っこしてリビングへ連れてくる。
まだ寝たふり？　ママのおしりのお肉をつまんでくる。
(*_*)　おまえは、エロオヤジか！

「ママ、何かお手伝いはない？」「急に言われても
ちょっと待ってね」「1分たったらお手伝いね！」
お手伝いの押し売りか (-_-;)

静かにアルバムの写真を見ていたが、「ママ、若かった
ね。しわがないよ」大きなお世話です (~_~;)

ルーちゃんとあきくんとママの三人で夕食。「ねぇ何で
女の子は黒パンはくの？」とあきくん。何その質問！
「寒さ対策もあるよ」って、答えるルーちゃん。
($・・)/~~~

著者プロフィール

みすみ ララ

1964年栃木県生まれ。
20代から30代は、仕事中心の生活でした。休みが取れると旅行に行きリフレッシュして仕事に戻る、そんな生活でした。
結婚を機に生活を見直し、里親研修を受講、縁があり、里子を迎え、生活は一変しました。
大学では心理学を専攻していましたが、実生活に役立つようになるには、時間が経ってからでした。
反省と笑いと感動の織りなす日常を知っていただき、里親人口の増加につながればと願っています。

SATOGO成長日記

2021年7月15日　初版第1刷発行

著　者　みすみ ララ
発行者　瓜谷 綱延
発行所　株式会社文芸社
　　　　〒160-0022　東京都新宿区新宿1−10−1
　　　　　　　　　　電話　03-5369-3060　（代表）
　　　　　　　　　　　　　03-5369-2299　（販売）

印　刷　株式会社文芸社
製本所　株式会社MOTOMURA

ISBN978-4-286-22682-8